密谋

[阿根廷] 豪尔赫·路易斯·博尔赫斯 著

林之木 译

上海译文出版社

目 录

题　　词

　　写诗是玩弄一种小伎俩。作为那种伎俩的手段的语言是非常神秘的。我们对语言的起源毫无所知。只知道语言有许多分支，每个分支都有着变化无穷的词汇和无限的组合方式。我正是运用那些捉摸不着的组合凑成了这部著作（在诗里，一个词的韵味和变化比其含义更为重要）。

　　这本书属于你，玛丽亚·儿玉。这个题词包含有晨曦与晚霞、奈良的马鹿、孤独的夜晚与熙攘的黎明、共同到过的岛屿、大海、沙漠与花园、忘却湮没了的与记忆扭曲了的事物、清真寺召祷的呼唤、霍克伍德[1]的亡故、书籍和图片，这一切，需要我一一点明吗？

　　我们只能给予已经给予了的东西。我们只能给予已经属

于别人的东西。这本书中所提及的一切一向都属于你。一段
献词、一种象征的赠予真是不可琢磨！

豪·路·博尔赫斯

1　John Hawkwood（约1320—1394），意大利军人，曾参加英格兰国王爱德华
　三世（1312—1377）的对法战争，1360年后成为雇佣军首领。

序　言

在一个八十多岁的人所写的书中，第一元素火所占的比重不会很大。对此，任何人都不会感到奇怪。一位王后在临终时刻说自己是火与气；而我却常常觉得自己是土，贫瘠的土。然而，我仍在写作。还能有别的什么选择、别的什么更好的选择呢？写作的乐趣并不因作品的优劣而有所增减。卡莱尔说，人类的一切作为都是不能恒久的；然而，其过程却并非如此。

我没有任何美学模式。每部作品的形式都任由其作者来确定：诗歌，散文，或绮丽或质朴。理论可以成为了不起的激素（比如惠特曼），不过也可以造出怪物或者仅供博物馆收藏的产品。请看詹姆斯·乔伊斯的内心独白或令人极不舒服的波吕斐摩斯[1]。

历尽沧桑之后，我发现，跟幸福一样，美是很常见的东西。我们没有一天不在天堂里面逗留片刻。没有一个诗人（不论多么平庸）未曾写出文学史上的最佳诗句，尽管其大多数作品都是败笔。美并不是少数几个名人的特权。如果这本包括四十来篇诗文的小书竟然没有潜藏一行足以伴你一生的文字，那倒是咄咄怪事了。

这本书里有许多梦。需要说明的是，那些梦全是黑夜或者（更确切地说）曙光的馈赠，绝非刻意的编造。我甚至几乎都没敢按照我们这自笛福至今的时代的需要而随意妄加篡改。

这篇序文口授于我的故乡之一日内瓦。

豪·路·博尔赫斯

一九八五年一月九日

---

1 Polyphemus，希腊神话中的独眼巨人。

被钉在十字架上的基督

基督被钉在了十字架上。双脚垂及地面。

三根木桩的高度一模一样。

基督没在中间。他是最后一个。

黑色的胡须直垂胸前。

他的模样与画上的不同。

他有着冷漠的犹太人相貌。

我无法具体描述，

不过将继续揣摩，

直至生命的最后一刻。

他遍体鳞伤却默默地忍受着痛苦。

棘冠刺破了他的额头。

无数次见过他受难的民众的揶揄

并没有传到他的耳边。

是他的苦痛还是别人的苦痛，全都一样。

基督被钉在了十字架上。他脑袋里一片混乱，

想到了也许在等待着他的王国，

想到了一个并没有属于过他的女人。

他未曾有幸见到神学、

无法解释的三位一体、诺斯替派的教众、

教堂、奥卡姆的剃刀[1]、

紫红教袍、法冠、礼拜仪式、

格斯鲁姆[2]通过武力推行教义、

宗教裁判、殉教者们的鲜血、

惨绝人寰的十字军征伐、贞德[3]、

1　指经济法则或极度节俭法则，即除非必要，不得增加实体的数目。该法则由英国经院哲学家奥卡姆提出。此原则早在他之前就已经被人提出过，只是因为他经常使用并运用得无比锋利而获得这一别称。

2　Guthrum（？—890），入侵盎格鲁-撒克逊英格兰的丹麦人的领袖，865 年抵达英格兰，880 年在韦塞克斯建立起信奉基督教的国家，定名为东英吉利王国并自封为国王（880—890 年在位）。

3　Jeanne d'Arc（1412—1431），法国民族英雄，英法战争期间曾率军为奥尔良解围，被尊为"奥尔良的女儿"。通称圣女贞德。

为军队祝福的梵蒂冈。

他知道自己不是神仙而是肉骨凡胎，

会衰老死亡。他对此毫不在意。

他耿耿于怀的是那牢固的铁钉。

他不是罗马人。他不是希腊人。他哀叹呻吟。

他为我们留下了精辟的比喻

和一个足以抹掉过去的宽恕理论。

（那是一位爱尔兰人在监狱中做出的论断。）

灵魂匆匆地寻找归宿。

天色有点儿黑了。他已经死去。

一只苍蝇在僵挺的躯体上爬行。

既然此刻我在受苦，

他所受过的苦难对我又有什么益处？

一九八四年，京都

世　界　末　日 *

那将发生在号角吹响的时候，使徒约翰[1]写道。

那是在一七五七年，根据斯维登堡证言。

那是在以色列，当母狼将基督的肉身钉上十字架的时候，不过也不止是在那一刻。

那将发生于你的脉搏的每一次跳动。

没有一个瞬间不会成为地狱的进口。

没有一个瞬间不会成为天堂的流水。

没有一个瞬间不像装满火药的枪膛。

每时每刻你都可能成为该隐或悉达多、戴上脸谱或显露真容。

每时每刻特洛伊的海伦都会向你表白爱情。

每时每刻公鸡都会完成三次报晓。

每时每刻滴漏都可能让那最后的水滴坠落。

---

* 标题原文为英文。

1 John the Apostle，《圣经·新约》中耶稣十二门徒之一。

三 种 轻 松

那天早晨，恺撒在法萨利亚想道：今天就决出雌雄。于是，他可能会感到一阵轻松。

查理一世看到映在玻璃上的曙光时想道：今天是上断头台、鼓足勇气、面对斧头的日子。于是，他可能会感到一阵轻松。

在临死前的刹那，当命运即将把我们从自己是个人物的可悲常态以及世界的重负中解脱出来的时候，你和我都将会感到轻松。

天　机

依据偶然找到的陶皿和铜器遗物，历史学家试图在地图上标出当事的部族并无意识的迁徙路线。

没有留下任何偶像和象征的黎明之神。

该隐在地上豁出的犁沟。

天堂里草叶上的露珠。

一位皇帝在一只神龟的甲壳上发现的卦象。

并不知道自己属于恒河的波涛。

波斯波利斯的一朵玫瑰的分量。

孟加拉的一朵玫瑰的分量。

保存在玻璃橱中的面具曾经遮掩过的面庞。

亨吉斯特的宝剑的名字。

莎士比亚的最后一个梦。

写下"他做了噩梦并说出了那噩梦的名字"[1]这一古怪句子的笔。

第一面镜子，第一首诗。

一位平庸人物读到过的并提示他可以成为堂吉诃德的书籍。

其彩霞留在了克里特岛上的一口池塘里的黄昏。

一个名字叫作提比略·格拉古[2]的孩子的玩具。

波利克拉特斯的那被命运拒绝了的指环。

所有这一切已经过去了的事情如今无不投下了长长的阴影、无不左右着你今天在做的和明天将要做的事情。

---

1 原文为英文。
2 Tiberius Gracchus（前168—前133），古罗马护民官，《农业法》的制定者。

遗　　迹

这是发生在南半球的事情。

在尤利西斯未曾见过的星空下，

有一个人正在而且还将继续寻找

很多年前度过的

那个主显节留下的遗迹。

那是在门上编有标号的

一个旅馆房间里面，

旅馆坐落在如同缥缈的时光一样

奔流不息的泰晤士河边。

肉体善于忘却一时的苦与乐。

人在期待与幻梦中生活。

他依稀地想起了一些平凡事物：

一个女人的名字，一片白色，

一个没有了容貌的躯体，

一个没有了日期的傍晚的昏暗，

细雨，放在一块大理石上的蜡花，

还有那浅粉色的墙壁。

是那长河大川

我们是光阴。我们是

高深莫测的赫拉克利特的那著名寓言。

我们是清水，而非坚硬的金刚钻，

我们流逝而去，而非滞留不前。

我们是长河，我们是那位对水自视的希腊先哲。

先哲的影子悠悠晃晃，

倒映在变幻不定的水镜之中，

那水镜像火焰一般飘忽激荡。

我们是注定空流入海的大川。

夜幕已经将那河川封闭。

一切都弃我们而去，一切都变得遥远。

记忆并不能刻下永久的印记。

然而，总有点儿什么留了下来；

然而，总有点儿什么在唉声叹息。

初张的夜色

夜色如同净水为我涤除了

斑斓的色彩和万般的物形。

花园里，栖鸟和星斗在庆贺

期望中的这睡眠与黑暗的成规复回。

能够用虚影复制物体的镜子

已经完全被黑暗所吞没。

歌德说得非常之好：近物远逝。

言简意赅，将晚景全然概括。

花园里的玫瑰已不再是玫瑰，

而想成为抽象意义上的玫瑰。

黄　　昏

即将来临的黄昏和已经过去了的黄昏

已然不可思议地融成为了一体。

黄昏如同澄明的水晶，孤独而凄恻，

不受时光的影响、不能被忘记。

黄昏是珍藏于某处秘密青天的

那永恒黄昏的镜子。

那片天空里有游鱼、曙光、

天平、宝剑和蓄水池，

有着每件物体的一个模本。

这说法见于普罗提诺的《九章集》。

我们的短暂生命很可能

就是表现天意的瞬息。

漫漫暮色裹住了屋舍。

这暮色属于昨天、属于今日，滞留不去。

挽　　歌

这死亡的奇特滋味，任何人都回避不了的滋味，我将在这座房子里或者是在大海那边你那像更为古老的时光之河一样奔流无回的罗讷河岸边品尝的滋味，阿布拉莫维兹，此刻你已经尝到了。你也将确证时光总是在忘掉自己的昨天、没有什么是不能弥合的，或许你会得出岁月不会消弭任何事物、没有一个举动或梦幻不投下无尽阴影的相反结论。日内瓦以为你是个执法的人、一个断案审案的人，然而，你不论开口讲话还是沉默不语都是一个诗人。也许此刻你正在翻阅那些你构思好了又放弃而最终没有写成的浩繁著作。对我们来说，这些著作说明了你的为人并且确实以某种形式存在着。在第一次世界大战期间，当人们互相残杀的时候，你和我两个人却在做着所谓拉弗格[1]和波德莱尔的梦。我们发现了所有年轻人都在发现的东西：愚蠢的爱情，嘲讽，做拉斯科尔尼科夫[2]或者哈姆雷特王子，粗话和日落。当你笑着对我说"我很累。我已经四千岁了"[3]的时候，你代表了祖祖辈辈的以色列人。这一切都发生在人间，猜测你在天上的寿限将是徒劳无益的。

我不知道你是否还是什么人，不知道你是否在听我唠叨。

一九八四年一月四日，布宜诺斯艾利斯

---

1 Jules Laforgue（1860—1887），法国象征派诗人、抒情讽刺诗大师、"自由体诗"创始人之一。

2 Raskolnikov，陀思妥耶夫斯基《罪与罚》中的人物。

3 原文为法文。

阿布拉莫维兹

今天晚上，在离圣皮埃尔山峰不远的地方，一首壮美的希腊乐曲刚刚提示我们死比生更加让人难以置信，因为，在肉体尸解之后，灵魂依然存在。这就是说，玛丽亚·儿玉、伊莎贝尔·莫奈和我在一起并非像我们想象中以为的那样是三个人。我们是四个，因为，莫里斯啊，你也在我们中间。我们用红酒祝你健康。无须听到你的声音，无须触摸你的手指，也无须回忆你的事迹。你确实在场，闷声不响，但无疑却面露笑容，看着我们对任何人都不会死去这一如此明显的事实大惊小怪。你就在我们的身边，依照你的《圣经》的说法，同你在一起的还有那些同祖辈们一起醋睡的人群。同你在一起的还有那些当着尤利西斯的面在墓穴中狂饮的幽灵以及尤利西斯和所有真的活过或在想象中活过的人们。他们全都在那儿，还有我的父母以及赫拉克利特和约里克[1]。一个见过那么多春天和那么多绿叶、那么多书籍和那么多飞鸟以及那么多晨昏的男人或女人或孩子怎么会死呢。

今天晚上我可以像个男人似的大哭一场了，可以感受眼泪顺着面颊流淌，因为我知道世上没有任何一件东西会消亡、没有任何一件东西不留下自己的影子。今天晚上，阿布拉莫维兹，你没有开口，却告诉我要像过节一样面对死亡。

---

1 莎士比亚名剧《哈姆雷特》中的人物。

爱德蒙·毕晓普[*]于
一八六七年解读的陶片片断

……那是不见影子的时辰。梅尔卡特神[1]从中天顶上君临着迦太基海。汉尼拔是梅尔卡特的利剑。

死于普利亚[2]的六千罗马人留下的三法内格[3]金戒指已经运抵了港口。

待到秋风吹熟葡萄的时候，我也许应该口授完了最后的一句诗啦。

众多国度的巴力神[4]该受称颂，"巴力之面"坦尼特[5]该受称颂：他们曾经保佑迦太基人取得了胜利；他们让我继承了迦太基的丰富语言，而这语言将遍行于天下，它的每一个字符都具有除祟祛邪的功能。

我没有像我的子孙们那样死于沙场。我的子孙们全都能征善战，我不会埋葬他们，不过，借助于漫漫长夜，我写成了关于两次战役以及欢庆情景的赞歌。

大海属于我们。罗马人对大海有什么了解？

罗马的大理石碑震颤不已，它们听到了参战大象的喧嚣。

协议被撕毁、谎言被戳穿之后，我们只好诉诸利剑。

罗马人啊，这剑现在归你了，不过是插在你的胸口上。

我歌唱过我们的母亲蒂罗⁶的紫袍，我歌唱过发明了字母和开拓过海疆的人们的功绩。我歌唱过晨曦的红火。我歌唱过船桨和桅杆以及狂烈的风暴……

一九八四年，伯尔尼

---

* Edmund Bishop（1846—1917），英国历史学家。
1 Melqart，西亚和非洲神话中的大力神。
2 意大利东南部的一个地区。
3 容积单位，1法内格在不同地区合 22.5 或 55.5 升。
4 Baal，古代和近代许多民族的生育之神，被奉为众神之王。
5 Tanit，古代迦太基人的主要女神，为巴力的妻子，有"巴力之面"之称。
6 Tyro，希腊神话中的海中仙女之一。

公 园 挽 歌

迷宫已经消失得无迹无痕，
成排成行的蓝桉难觅踪影，
夏日的葱郁成了虚幻景致，
就连时刻警醒的光洁明镜
也不再映照人们容颜变化、
不再映照稍纵即逝的情景。
停摆的时钟、盘绕的忍冬、
空落的阁楼、轻浮的雕像、
与黄昏相对的时辰、鸟鸣、
瞭望平台以及无水的喷泉
只是昔日风情。昔日风情？

既然是无所谓开始与终结

既然只有无尽的白昼昏夕

正在等待着我们前去面对，

我们也就成了将来的往昔。

我们是斩不断的光阴之河，

我们是乌斯马尔[1]、迦太基，

我们是消失了的罗马城墙，

我们是这诗写的公园遗迹。

---

1 位于现今墨西哥尤卡坦州的玛雅人古城，约在 1450 年被废弃。

总　　和

洁白无瑕的墙壁

为想象提供了无限的天地，

一个人坐了下来

打算运用精确的色彩

将整个世界绘于粉底：

门扇，天平，地狱，风信子，

天使，图书馆，迷宫，

船锚，乌斯马尔，零数，时空无极。

墙上布满了各种图形。

命运对奇特天赋并不悭吝，

让他尽情地抒发了胸臆。

恰好就在行将就木的瞬间，
他发现那无数的杂错线条
表现的竟是自己的容貌神气。

有 人 梦 到

 如今，像所有的如今一样，指的就是最后的时刻。直到如今，时光都梦到了些什么呢？梦到了诗歌极力称颂的利剑。梦到并造出了可以充作智慧的警句格言。梦到了信仰，梦到了残暴的十字军讨伐。梦到了发现了对话与质疑的希腊人。梦到了火与盐毁灭了迦太基。梦到了语汇那笨拙而死板的符号。梦到了我们有过的或梦见有过的幸福。梦到了乌尔城[1]的第一个黎明。梦到指南针的神秘特质。梦到了挪威的船只和葡萄牙人的舰艇。梦到了一天下午死在了十字架上的那位最为奇特的人的伦理观和比喻。梦到了苏格拉底的舌头上的毒芹味道。梦到了回声和镜子那对奇妙的兄弟。梦到了书籍那面总是向我们揭示另一副面孔的镜子。梦到了那面使弗朗西斯科·洛佩斯·梅里诺最后一次得见自己的容颜的镜子。梦到了空间。梦到了可以不要空间的音乐。梦到了因为包含了音乐而比音乐更为不可理解的语言艺术。梦到了第四维和里面寄生的鸟兽。梦到了沙砾的数量。梦到了数不尽的数目。梦到了第一个从雷声中听到了托尔的名字的人。梦到了有着两张永远不能相向的面孔的雅努斯。梦到了月亮和那两个曾经在月亮上行走过的人。梦到了井和钟摆。梦到了像斯宾诺莎的神一样一心想成为所有的人的沃尔特·惠特曼。梦到了不可能知道人们在梦到了自己的素馨。梦到了代代相袭的蚂蚁和代代相袭的君王。梦到了世界上所有的蜘蛛织成的无边大网。梦到了犁杖和锤子、癌症和玫瑰、失眠的烦躁和象棋。梦到了被著作家们称之为混乱而事实上却是由于所有的事物都有内在联系而成为宏观的综述。梦到了我的祖母弗朗西丝·哈斯拉姆在离沙漠仅一箭之地的胡宁要塞里读着《圣经》和狄更斯。梦到了鞑靼人唱着歌在战场厮杀。梦到了葛饰北

---

1 古代美索不达米亚南部的重要城市，始建于公元前 4000 年，公元前 4 世纪时因幼发拉底河改道使土地变成沙漠而被废弃。

斋[1]的手画出的那转眼之间就变成为波涛的线条。梦到了永远活在想入非非之中的哈姆雷特的言谈里的约里克。梦到了所有的物种原型。梦到了整个夏季或者夏季之前的天上只有一枝玫瑰。梦到了你那如今变成模糊照片的已故亲人的容貌。梦到了乌斯马尔的第一个早晨。梦到了影子的显形。梦到了底比斯[2]的数百门扉。梦到了迷宫的甬道。梦到了罗马的秘密名称就是它真正的城墙。梦到了镜子的生命。梦到了沉稳的犹太法学家将要确定的条规。梦到了一个球中套球的象牙球。梦到了供病人和孩子消遣的万花筒。梦到了作为水系名称的恒河和泰晤士。梦到了尤利西斯很可能没有看懂的地图。梦到了马其顿的亚历山大[3]。梦到了挡住亚历山大的去路的天堂护墙。梦到了大海和眼泪。梦到了水。梦到了有人梦到了自己。

---

1 Katsushika Hokusai（1760—1849），日本浮世绘画家，对 19 世纪后期西方艺术有过很大影响。
2 古埃及帝国全盛时期的都城。
3 即亚历山大大帝。

有人将会梦到

　　莫测的未来将会梦到什么？将会梦到阿隆索·吉哈诺无须离开自己的村子和舍弃自己的书籍就能变成堂吉诃德。将会梦到尤利西斯的一个夜晚可能会比叙述他的业绩的诗作更为奇绝。将会梦到不会知道尤利西斯的名字的世代。将会梦到比今天睁着眼睛看见的情景还要真切的梦境。将会梦到我们可以创造奇迹而不为，因为想象奇迹将会更加现实。将会梦到仅仅一只小鸟的啼声就足以让你毙命的危险世界。将会梦到忘却和记忆可能不再是命运的予夺而成为主观的行为。将会梦到我们将像弥尔顿希望的那样从眼珠那对小圆球的后面用整个身体去观察事物。将会梦到一个没有肉体那架机器、那架能够感知苦痛的机器的世界。诺瓦利斯写道：生活不是一场梦，但是可以成为一场梦。

歇洛克·福尔摩斯

他不是出自母腹也没有祖辈先人。

跟亚当和吉哈诺的情况一模一样。

他是应运而生的。不同的读者的好恶

直接或间接地决定着他的形象。

他出世，因为有人要讲他的故事；

他死去，因为梦见过他的人将他忘记。

这样概括他的生死一点儿都没错。

他的虚妄比清风有过之而无不及。

他有着童子之身。不懂合欢。没有爱过。

他充满着阳刚之气，却把男女之事摈弃。

他住在贝克大街，孑然一身，孤独不群。

他还缺少另外一种本事，就是忘却的技艺。

一位爱尔兰人[1]将他造出却又并不喜欢，

据说，一直想置他于死地而未能成功。

那个性情孤僻的家伙手持放大镜

继续对一个个暴力案件进行奇特的追踪。

他没有亲戚朋友，但却有人仰慕崇敬。

此人成了他忠贞不渝的学生使徒，

记录下了他的桩桩件件逸事奇闻。

他活得怡然轻松：袖手旁观，时时处处。

他不再希求虚名。他早已经不再造访

那个以哈姆雷特命名的僻静山庄。

1　指柯南道尔（Arthur Conan Doyle, 1859—1930）。

那位王子死在了丹麦，几乎根本不知道
那个以剑与海、弓与矢为特色的地方。

（一切都是天意[1]，类似的说法
可以用到这首诗赞颂的那个好人的身上，
因为他那飘忽不定的影子游遍了
整个世界每一个国度的城城乡乡。）

他时而拨弄灶底里燃烧着的树枝，
时而又杀死在旷野里游荡的地狱狂犬。
那位高尚绅士并不知道自己长存人世。
他解决着平凡琐事、重复着不恭语言。

他来自一个轻烟薄雾笼罩着的伦敦，
那是他不甚关注的帝国的著名都城，
那里的宁静中蕴涵着某种神秘气氛，

1　原文为拉丁文。

但却不想知道自己已经开始衰落的历程。

我们不必惊异和错愕。在那弥留之后，
命运或者机缘（二者本来就是一回事情）
为我们每人安排的竟是那奇特的结局：
让我们变成为每天都在消失的回声和虚形。

这回声和虚形的最后消隐却要待到
忘却这个共同的终极将我们最后完全忘记。
在这种情况发生之前，让我们尽情地搅和
还得活上一段时间、活着和活过这摊烂泥。

在黄昏的时刻时常想到歇洛克·福尔摩斯
应该是我们还保留着的一个良好的习俗。
再有就是死亡和午饭之后的片刻小憩。
到公园里寻找轻松或对月发呆也是一种清福。

云　团

一

没有什么东西不是过眼的烟云。
就连大教堂也逃脱不了这一命运，
巨大石块和玻璃窗上的《圣经》故事
到头来都将被时光消磨净尽。
《奥德赛》也如不停变幻的大海，
每次翻开都会发现某些不同。
你的容颜在镜子里已经变样，
时日好似是一座疑团密布的迷宫。
我们全都不过是匆匆的过客。

在西天消散的浓密云团

就是我们最为真切的写真。

玫瑰在不停地变为另一枝玫瑰。

你是云彩、是大海、是忘却。

你还是你自己失去了的那一部分。

二

沉沉的恬静山冈的威壮峰峦

在空中飘浮游荡蔽日遮天。

人们将它们称之为云彩，

常有千姿百态的无穷变幻。

莎士比亚曾经见过一条巨龙。

那块黄昏时分出现的云团

借助于他的言辞熊熊燃烧，

我们至今仍能见到它的光焰。

云是什么？是偶然生成的宫阙？

也许是上帝需要那些云彩

来实现其永无止境的创造，

而云彩就成了冥冥天机的经络。

人们常在清晨时分观赏云彩，

也许那云彩并不比人更为空落。

关于他的失明[*]

作为岁月流逝的结果，

我身陷一层亮雾的紧紧包围之中，

所有的景物全都变得一片模糊，

失去了形与色，几乎只剩空名。

一成不变的漫漫长夜和

人声嘈杂的白天都是茫茫云烟，

混沌如一没有消减的时候，

从黎明的时分就是如此这般。

有时候我真想看清人的容貌。

我无从知道新百科辞书内容。

我不能享受阅读捧在手中的图书、

观赏高空飞鸟和金色月亮的激情。

这世界如今只属于别人，

我只能在黑暗中吟诗作文。

＊　标题原文为英文。

寓言中的线团

阿里阿德涅亲手将线团放到忒修斯[1]的一只手中（他的另一只手里拿着宝剑），让他深入迷宫并找到目标，也就是那个牛头人身怪物，或者，如但丁所说，人头牛身怪物，将它杀死并于事成之后能够冲出石砌的网络，重新回到她的身边接受她的爱情。

事情果然那么发生了。然而，忒修斯不可能知道迷宫的背后还有一座时光的迷宫，不可能知道美狄亚[2]早就在某个特定的位置上等着他了。

那个线团已经不知所终，迷宫也消失得无踪无影。如今我们甚至都不知道是否陷在一座迷宫、一个秘密的宇宙或一团危险的混乱之中。我们美好的责任就是想象着有一座迷宫和一个线团。我们永远都不可能找到那个线团，也许我们找到了却又于一次宗教活动、一支乐曲、一场酣梦、一个哲学推断之中或者那真切而单纯的欣喜时刻将之丢失。

一九八四年，克诺索斯

---

1 Theseus，希腊神话中雅典王埃勾斯的儿子。他出生在异国他乡，长大以后，在前往雅典寻父途中，一路上斩妖除怪，威名大振。到了雅典后，得知克里特迷宫里的半人半牛怪弥诺陶洛斯每年都要雅典人献祭七对童男童女，于是就决定前去将之除掉。他闯入迷宫，杀了弥诺陶洛斯，靠阿里阿德涅给他的一个小线团的导引逃离迷宫。

2 Medea，希腊神话中科尔喀斯王的女儿。她精通巫术，曾嫁给阿尔戈英雄的领袖伊阿宋并帮助他取得了金羊毛。伊阿宋后来移情别恋，为了报复，她杀了自己同伊阿宋生的三个儿子，逃到雅典，做了雅典王埃勾斯的妻子。埃勾斯发现她想毒死自己的儿子忒修斯，遂将她逐走。

拥 有 昨 天

　　我知道自己失去了数不清的东西，而那些失去了的东西如今恰恰是我拥有的一切。我知道自己看不见了黄色和黑色，正像能够看到这些颜色的人们不会去思念这些颜色一样，我非常思念这些再也看不到的颜色。母亲去世了，但是她永远伴在我的身边。当我想要回味斯温伯恩的诗作的时候，我就去回味，而那些诗歌就以诗人的声音在我的耳边回旋。只有死了的人才属于我们，只有失去了的东西才属于我们。伊利昂不在了，但是伊利昂却长存于为它恸哭的歌中。以色列[1]不在了，却被永久怀念。随着时间的推移，所有的诗都成了挽歌。离我们而去的女人属于我们，而我们却不必再受焦心的傍晚的煎熬、不必再受期待的惊恐的煎熬了。除了已经失去了的天堂，不会再有别的天堂。

1　Israel，据《圣经·旧约》为犹太人的祖先之一，即以撒和利伯加的儿子雅
　　各，因同天使摔跤获胜而被神赐以色列的名字。他的后代成为以色列的
　　十二个部族，分布于各地。

恩里克·班奇斯 [*]

他是一个默默无闻的人物。

多舛的命运使他失去了一个女人；

这样的经历谁都有可能遭遇，

可是，普天之下，这种事情最让人痛心。

他也许曾经想到过一死了之，

却不知道那剑、那苦、那磨难

正是上天赐给他的护身法宝，

确保他能够完成传世的诗篇。

那诗篇将会长久地流传，

比写诗的手更具生命的力量、

比教堂的高大玻璃更能驻留人间。

结束了自己的使命之后，

他只是黯然消失在芸芸众生中的凡人，

但却为我们留下了不朽的纪念。

* Enrique Banchs（1888—1968），阿根廷诗人。

在爱丁堡做的梦

天亮前我做了一个懵懵懂懂的梦，现在就试着将那梦理清。

你的父母孕育了你。在漫漫荒漠的另一边有一些积满灰尘的教室，或者，如果你愿意，那些教室也可以称之为积满灰尘的库房。在那些教室或库房里，有着一排排平行的大黑板。那些黑板的长度得以公里来计算，而且还不知道能有多少公里。黑板上有用粉笔写的文字和数字。不知道一共有多少块黑板，不过应该是很多很多，有的上面有字，有的几乎是空的。墙上开有日本式的拉门，那些拉门都是用生了锈的金属做成的。整个建筑是圆形的，但是，那个建筑是那么大，从外面根本就看不出弧度，看起来就像是直的。那些一块挨着一块的大黑板比人还高，直接灰白色的石灰天棚。黑板的左侧写的是文字，随后是数字。文字依照词典的顺序自上而下地排列着。第一个词是阿勒[1]，伯尔尼的河流的名字。那个名字后面写有阿拉伯数字，数字的数目没法数清，不过肯定不是没数的。那些数字标明了你将亲眼见到那条河的确切次数、你将在地图上见到那条河的确切次数、你将在梦里见到那条河的确切次数。最后一个词也许是茨温利[2]，已经排在很远的地方了。在另外一块特别的黑板上写着永远不会[3]，那个怪字的旁边也有一个数字。你的生命的全部进程全都包含在那些符号里面了。

没有一秒钟不与某一个系列有关。

你将挨过那个带有姜味的数字继续活下去。你将挨过那个像玻璃一样光洁的数字再活上一些时日。你将挨过标明脉搏跳动次数的那个数字，于是就会死去。

---

1 原文为英文。
2 Huldrych Zwingli（1484—1531），瑞士宗教改革领袖。
3 原文为英文。

柏　树　叶

　　我只有一个仇人。我无论如何也没有搞清楚一九七七年
四月十四日那天夜里他是怎么进入我家的。他一共打开了两
道门：沉重的对街门和我卧室的门。他开了灯并把我从噩梦
中叫醒。我已经不记得梦中的内容了，只知道有一个花园。
他虽然声音不高，但是却命令我立即起来并穿好衣服。我的
死期到了，处死我的地点另在别处。我被吓得说不出话来，
只好服从。他没有我高却比我壮，积怨使他敢于妄为。他没
有因为岁月的流逝而有什么变化，只是乌黑的头发中增加了
些许银丝。他一向对我怀恨在心，如今则要置我于死地。老
猫贝珀冷冷地望着我们，没有救我的意思。我房间里的那只
蓝色的瓷虎以及《一千零一夜》中的那些巫师精灵也都如此。

我想随身带点儿什么。我求他让我带上一本书。选一本《圣经》可能太过扎眼。于是我就从十二卷爱默生著作里面随手抓了一本。为了不惊动别人，我们从楼梯上走了下来。我计数着每一个台阶。我发现他极力避免碰到我的身体，就好像一碰到我就会染上疾病似的。

一辆厢式双座四轮马车在小教堂对面的查尔卡斯和马伊普交叉路口等着我们。他以一个夸张的手势邀我先上车。车夫预先知道要去的地点，于是立即挥鞭驱马。一路上走得很慢，而且，可以想见，大家全都默不作声。我生怕（或者说很希望）就永远那么走下去。那是一个宁静的月夜，没有一丝儿的风。街上不见一个人影。车的两边低矮的房子整齐划一，就像是两道护墙。我心里想道：这儿已经是南城了。我看到了高挂于钟楼上的时钟，明晃晃的表盘上既没有数字也没有时针。据我的印象，我们未曾横穿任何街道。我并没有像伊利亚学派学者们所倡导的无限论那样感到害怕，甚至没有害怕会害怕，也甚至没有害怕会害怕害怕，但是当车门打开的时候，我却差一点儿跌倒。我们登上了一个石阶。有一些地面非常光滑，而且还有许多树木。我被带到了一棵树下并让我平着张开手臂仰面躺到了草地上。我从躺着的位置上看到了一件罗马教士穿的那种长袍，于是就知道了自己身在何处了。我的死亡的见证是一棵柏树。我下意识地重复了一遍那句名言：多么常见参柏生长在柔软的英菼间[1]。

我想起，根据上下文，lenta 的意思是"柔软"，但是，我身边那棵树的叶子根本就没有柔软可言。那些叶片全都一个样子，僵直而光洁，是死物。每一个叶片上都有一个花押字。我觉得恶心，却又感到了轻松。我知道有一个非常的办法能够救得了自己的性命，不仅自己可以免去一死并且说不定还会将对手断送，因为，他受制于仇恨，既没有留意那架时钟也没有留意浓郁的树冠。我扔掉了自己的护身符，双手紧紧地抓住草茎。我头一次也是最后一次看见了刀刃的闪光。我一惊而醒，左手正扒在房间的墙壁上。

多么奇怪的噩梦啊，我想道，随后很快就又堕入了梦乡。

第二天，我发现书架上出现了一个空当儿，留在了梦中的那本爱默生的书不见了。十天之后，我听说我的那个仇人

1　原文为拉丁文。

于一天夜里离家出走并且没再回去。他永远都不可能回去了。他将被关在我的噩梦之中，在我未曾见到过的月亮光下，满怀恐惧地在那座有着光盘的时钟、不能生长的假树以及天知道别的什么怪事的城市里继续徘徊游荡。

灰　　烬

一个和别的房间一样的旅馆房间。

没有任何特别之处的时辰，

让我们放松和迷失的午间小憩。

纯净的水带给咽喉的清爽。

日夜笼罩着失明的人的

那微带亮光的浓雾。

一个也许已经死了的人的住址。

唯一的梦或者所有的梦的弥散。

我们脚下那朦胧的莱茵河或罗讷河。

一个已经过去了的烦恼。

这一切，对诗来说，全都过于乏味。

海迪·兰格

像蓝色的剑一般驶离挪威

（你的挪威）、冲破惊涛骇浪

并为时光及其经历的岁月

留下如尼文字的石碑的

一艘艘舷壁高耸的航船，

等待你光顾的镜子的玻璃，

你那审视别的东西的眼睛，

我看不到的画像的框架，

一处挨近西方的花园的栅栏，

你讲话时的英国口音，

桑德堡的习惯，几句笑谈，

班克罗夫特和柯勒

于星期五聚会时

在宁静而光亮的银幕上的战斗。

这一切全都在没有指名地呼唤着你。

另一段经外经

经师的一位学生想单独同老师谈谈，但是又不敢。经师对他说道：

"告诉我你有什么心事。"

学生回答：

"我没有勇气。"

经师说道：

"我给你勇气。"

这是一个非常古老的故事了，可是一部很可能并非伪托的文献记录下了他们在大漠边缘和黎明时分说过的话。

学生说道：

"三年前我做了一件非常严重的错事。别人不知道，可是我自己知道。我每次一见到自己的右手就心里发颤。”

老师答道：

“人人都会做错事的。人不能无过。仇视一个人就已经是在心里将他置之于死地了。”

“三年前，我在撒马利亚杀过一个人。”

老师没有吭声，不过脸色大变，学生很可能在等着听他的呵斥。不过，他最后说道：

“十九年前，我在撒马利亚孕育了一个儿子。你已经后悔做了那件事情。”

学生答道：

“是的。我每天夜里都祷告和哭泣。希望你能给我以宽恕。”

老师说道：

“任何人都不能宽恕别人，连上帝都不能。如果以事论人，没有一个人不该同时下地狱和进天堂。你仍然觉得自己就是那个杀了同类的人吗？”

学生答道：

“我真不明白当时怎么就会愤然地拔出刀来。”

老师说道：

"我常常喜欢打比方，只是想让真理能够铭刻在人们的心里。不过，现在我倒是愿意像父母对儿子那样同你谈谈。我不是那个做了错事的人，你也不是那个凶手，没有任何理由继续折磨自己。你有责任跟大家一样：坦荡而快乐。你必须自己拯救自己。如果你还有什么过错的话，那就让我来承担吧。"

那次谈话的其他内容没有流传下来。

漫长的追寻

时光初始之前或时光范围之外（这两种说法都是废话）或者是在一个不属于天地间的某个地方有一个看不见的或许完全透明的生灵，我们人类一直在寻找着它，它也一直在寻找着我们。

我们知道那个生灵没法丈量。我们知道那个生灵没法计数，因为它的形状不计其数。

有人到一只飞鸟的身上去找过，因为它是由鸟类组成的；有人到一个词语或者构成那个词语的成分中去找过；有人到一本先于所用的阿拉伯文及世界万物的书籍里面去找过而且还在继续寻找着；有人在我就是我的格言中寻找着。就像经院哲学的普遍形式或怀特海的模式一样，那个生灵常常会倏忽一现。人们说它寄寓于镜子之中，谁去照镜子，谁就能看到它。有人在关于一次战役的美好回忆里或者在每一个失去了的乐园中看到或者依稀看到了它。

有人推测，它的血液随着你的血液环流，所有的生灵都在孕育着它并且也都是由它孕育出来的，只要将沙漏翻转过来就能测知它的恒定。

那个生灵潜藏于透纳的绘画、一个女人的眼神、诗歌的古老旋律、无邪的曙光、天边的或比喻中的月亮。

那个生灵时时都在回避我们。罗马人的格言在过时，夜色在蚀损着大理石碑。

多姿的安达卢西亚

世事悠悠。写诗的卢坎

和另外那位创造格言的人。

清真寺和拱门。杨树林中的

伊斯兰式的清泉淙淙。

午后时分的斗牛表演。

粗犷同时又清幽的音乐。

无所事事的优秀传统。

犹太人中的神秘学者。

夜晚以及友谊长桌上的

拉斐尔[1]。高贵的贡戈拉。

从西印度掠来的珍宝。

海船，刀剑，牛皮盾。

多少声音、多少壮举

汇成为一个词语：安达卢西亚。

1　Raphael（1483—1520），意大利文艺复兴时期画家。

贡 戈 拉

马尔斯，战神。福玻斯，太阳。

尼普顿象征着已被神明抹去、

我的眼睛看不见的大海。

所有这一切将上帝（是三位又是一体）

逐出我聪慧的心灵。

命运强逼我有了这样的想法。

我生活在神话的包围之中。

我无所能为。维吉尔让我痴迷。

维吉尔以及拉丁文。

我使得每一个诗节都成为了

词语交织的热烈迷宫、

成为了几乎一文不值的大众的禁地。

我觉得飞逝的光阴就是无情的流矢，

我觉得清溪就是一种结晶，

我觉得痛苦的眼泪就是颗颗珍珠。

这就是我作为诗人的奇特使命。

嘲讽或者虚名与我有什么相干？

我将还活着的头发变成了金缕。

谁能告诉我：在上帝的秘籍中

是否载有我的名字？

我想回归于平凡的事物：

清水，面包，一个水罐，几枝玫瑰……

所有的昨天化作一场梦

穆拉尼亚的名字，

抚弄琴弦是手指，

那于傍晚时分

讲述一桩被遗忘了的青楼或庭院

旧事的已成过去的声音，一场搏斗，

两把如今已锈蚀了的利剑的交锋

和有人突然倒下，这些区区小事

足以为我构成一种神话。

一种如今已经成为了昨天的

鲜血淋漓的神话。

王宫的昭昭史册同样虚妄，

不比那无稽的神话更为真实。

过去是现在随意捏塑的胶泥。

无休无止。

关于不信教的人的歌谣

那蛮子来自荒漠，

胯下是一匹青马。

宾塞或卡特列尔

有他的茅屋破家。

人与马合而为一，

合而为一不是俩。

通过口哨和吆喝

将无鞍坐骑驱驾。

他家里有根长矛，

经过了精心磨砺；

火枪灵便更好用，

长矛不再有威力。

他擅长言谈辞令，

这并非人人都行。

他有秘密的去处，

熟悉一条条路径。

他打从内地出来，

再回到内地而去；

他知道奇闻逸事，

却几乎禁口不提。

有些平常的东西，

他从来未曾听闻：

没见过房门、庭院，

没见过水池、滑轮。

他也没有想到过
墙的后面是房间,
房间里头有床铺、
板凳和其他物件。

镜子照出的模样
没让他感到惊慌,
有生以来头一次
看到自己的长相。

镜里镜外相对望,
木木呆呆无表情。
一个(哪个?)瞪着眼,
就像梦见在做梦。

知道失败和死亡,
他也不会太在乎;
这个故事该有名,
就叫"荒漠的征服"。

关于一个死人的歌谣

我曾经在梦里见到他
住在这幢房子的里面。
梦见原本真实的事情
是上帝赐给人的特权。

我梦见过他去到海外
流落到了冰封的荒岛。
至于其他的种种情况，
坟墓和医院也许知道。

内地的诸多省份之一

是他出生成长的地方。
（最好不要让人们了解
有人会死在战场之上。）

人们让他走出了兵营，
把武器塞到他的手中，
然后就打发他去送死，
同行的还有其他弟兄。

人家做得小心又谨慎，
人家进行了长篇训话，
人家发放步枪的同时
还交给了他们十字架。

他听到了巧舌的将军
巧言编造的空泛煽动；
他看到了新鲜的场面：
鲜血把黄沙染得通红。

他听到了杀声和欢呼，
他听到了人们的哀恸。
他只想知道一件事情：
自己表现得是否英勇。

子弹打中了他的身体，
他弄清了自己的表现。
就在生命结束的刹那，
他想：我没有退缩不前。

他的死亡是一种胜利，
尽管没有被人们承认。
无须惊异：那人的命运
让我妒忌又让我怜悯。

一九八二年

书架上书的后面积下了一层厚厚的尘土。我的眼睛看不见。我的手摸着就像触到了蜘蛛网一样。

这是被称为宇宙历史或宇宙进程的网络的一个极小的组成部分，是那包括着星辰、病痛、迁徙、航海、月亮、萤火虫、不眠之夜、纸牌、铁砧、迦太基和莎士比亚在内的网络的组成部分。

这篇不能成为诗的小文和你那在天刚亮的时候做过并已忘记了的梦也是那网络的组成部分。

那网络可有边缘？叔本华认为网络就像我们从云彩的变幻中看到的人脸和雄狮一样荒唐。那网络可有边缘？那边缘不会是伦理上的，因为伦理是人类而不是不可琢磨的神明的梦想。

对于那网络而言，也许那层灰尘的作用并不亚于那些承托着一个帝国的军舰或者那晚香玉的清幽。

胡安·洛佩斯和约翰·沃德 [*]

他们有幸赶上了一个奇特的时代。

地球被划分成了不同的国家，每一个国家都拥有着臣民、得意的往事、一个无疑可歌可泣的过去、权益、耻辱、一个特别的神话、青铜铸成的先烈雕像、周年纪念、政客和标志。这种划分给绘制地图的人造成了极大麻烦也成为了连绵战祸的根源。

洛佩斯生在那条静止不动的河¹边的城市里；沃德生在布朗牧师²曾经涉足过的那座城市的郊区，他还为了阅读《堂吉诃德》而学过西班牙语。

洛佩斯崇拜康拉德。关于这个人，他是在位于彼亚蒙特大街的一间教室里听说的。

他们本可以成为朋友，但却只见过一面，是在一些过于著名的岛屿[3]上面，而且，他们两个当中的每一个人都成了该隐又成了亚伯。

他们被葬在了一起。他们一起在雪帐下面朽烂。

我讲的这件事情发生在一个我们无法理解的年代。

---

* 此处的两个人名似无具体所指，前者当代表阿根廷人，后者当指英国人。

1 指阿根廷的拉普拉塔河。

2 Father Brown（1578—1652），英国清教派牧师、作家。

3 指马尔维纳斯群岛。

密　　谋

在欧洲的中心，人们在策划一个阴谋。

这是一二九一年的事情。

参与者们来自不同的门第，信仰不同的宗教，讲着不同的语言。

他们作出了要通情达理的奇特决定。

他们决心存异求同。

他们曾是联邦的战士，随后又变成了雇佣兵，因为他们全都一贫如洗、好战成性，而且并非不知道人类的一切功名均属虚空。

他们是用胸膛抵住敌人的长矛为同伴开路的温克尔里德[1]。

他们是一位外科医生、一位神甫和一位检察官，不过也

是帕拉切尔苏斯 [2]、阿米耶尔、卡尔·容格 [3]、保罗·克利。

在欧洲的中心，在欧洲的高原，矗立起了一座理性与坚强信念的高塔。

如今的区划一共是二十二个。最后一个为日内瓦，是我的故国之一。

明天这些区划将涵盖整个地球。

也许我没有说中。但愿我是个预言家。

1　Arnold von Winkelried（？—1386），瑞士独立战争中的英雄。
2　Paracelsus（1493—1541），瑞士医师、炼金术士。
3　Carl Jung（1875—1961），瑞士心理学家、精神病学家。心理学中"内向型性格"和"外向型性格"是他首创，他还把心理分析应用于解释神话和传说。

图书在版编目（CIP）数据

密谋 / (阿根廷) 博尔赫斯 (Borges, J. L.) 著；
林之木译. —上海：上海译文出版社, 2016.8 (2024.2重印)
(博尔赫斯全集)
ISBN 978-7-5327-7309-1

Ⅰ. ①密… Ⅱ. ①博… ②林… Ⅲ. ①诗集-
阿根廷-现代 Ⅳ. ①I783.25

中国版本图书馆CIP数据核字（2016）第148652号

JORGE LUIS BORGES
Los Conjurados

图字：09-2010-605号

本书由上海市新闻出版专项资金资助出版

密谋	JORGE LUIS BORGES	出版统筹　赵武平
	豪尔赫·路易斯·博尔赫斯　著	责任编辑　缪伶超
Los Conjurados	林之木　译	装帧设计　陆智昌

上海译文出版社有限公司出版、发行
网址：www.yiwen.com.cn
201101 上海市闵行区号景路159弄B座
上海信老印刷厂印刷

开本850×1168　1/32　印张2.75　插页2　字数15,000
2016年8月第1版　2024年2月第4次印刷

ISBN 978-7-5327-7309-1/I·4452
定价：38.00元